1885 février 12

ATELIER

DE

LOUIS COIGNARD

ARTISTE PEINTRE

VENTE

Par suite de son décès

Mᵉ QUÉVREMONT	M. FORÊT
COMMISSAIRE-PRISEUR	EXPERT
Rue Richer, nᵒ 46.	9, Rue Lafayette, 9

PARIS—1885

INPRIMERIE CHAIX, RUE BERGERE, 20. — 2038-5.

CONDITIONS DE LA VENTE

Elle aura lieu au comptant.

Les adjudicataires paieront CINQ POUR CENT en sus du prix d'adjudication, applicables aux frais.

VENTE

Après Décès de

Louis COIGNARD

TABLEAUX

ÉTUDES, ESQUISSES, DESSINS

CHEVALETS, BOITES DE PEINTRE, etc.,

Garnissant son Atelier

HOTEL DROUOT, SALLE N° 5

Le Jeudi 12 Février 1885, à deux heures.

Mᵉ QUÉVREMONT	M. FORÊT
COMMISSAIRE-PRISEUR	EXPERT
Rue Richer, n° 46.	9, Rue Lafayette, 9

EXPOSITION PUBLIQUE

Le Mercredi 11 Février 1885, de 1 heure à 5 heures.

Louis COIGNARD, élève de PICOT

NOTICE

Durant trente années, Louis Coignard se livra avec une passion et une ardeur soutenue à la peinture du paysage. Il composa, tantôt dans les vertes oasis de Barbizon et de Marlotte, à Fontainebleau, tantôt dans les hauts herbages des prairies normandes, sa palette si variée et si puissante qui l'a placé à côté des Daubigny, François, Corot, Troyon, Diaz et autres maîtres du paysage français.

Trois peintures qui furent exposées de 1842 à 1845, — le *Soir*, le *Sommeil*, *Veillées dans la forêt*, furent remarquées et très appréciées. Le *Combat de taureaux* et l'*Abreuvoir* consacrèrent définitivement la réputation de Louis Coignard en 1848. Il envoya au Salon de 1853, *Repos du matin* et le *Chêne d'Henri IV*. Cette dernière toile fut acquise par l'Etat. Une médaille de troisième classe en 1846 et de première en 1848 couronnèrent les efforts heureux et le rare talent de ce maître paysagiste.

Les toiles de Louis Coignard vivent, palpitent, et le spectateur en les regardant se sent transporté dans les clairières de ses bois, dans les sites pittoresques de ses bois, au milieu de ses heureux pacages, de ses belles prairies aux perspectives fuyantes. Ses paysages sont solides, ses ciels vrais, sa couleur est chaude, une lumière franche, modèle ses troupeaux dessinés avec la connaissance technique d'un anatomiste, d'un animalier émérite.

Ce peintre fécond à l'inspiration forte, est décédé au commencement de l'année 1884, laissant deux tableaux, soixante études et autant d'esquisses dont la vente aura lieu au profit de la veuve. Heureux qui pourra acquérir ces toiles remarquables et les avoir constamment sous les yeux.

Parmi les études complètement terminées et traitées avec cet amour du fini, ce soin minutieux et consciencieux qui est une des qualités maîtresses de Louis Coignard, se trouvent huit admirables *Vues de la forêt de Fontainebleau*, une *Rentrée à la bergerie*, un *Effet du matin* avec ses tonalités ambiantes, le *Soir* dorant la campagne et les troupeaux des rayons mouvants du soleil, *Vaches au repos*, *Bord d'un lac*, une *Prairie de Normandie*. Chacune de ces superbes études ne laisse rien à désirer comme détail et comme fini. Le choix seul est embarrassant, car elles ont toutes une réelle valeur artistique.

Le grand tableau qui a figuré hors concours à l'exposition de 1884, est une page magistrale à la Paul Potter. C'est une toile d'une large facture et d'un effet saisissant, toute empreinte de la sérénité de la nature heureuse.

Il n'est pas douteux que le public éclairé témoigne sa sympathie au grand paysagiste en venant avec empressement à l'exposition de ses belles œuvres d'une attrayante variété. On sait qu'il n'y a pas de collection véritable sans une toile de Louis Coignard.

B. GASTINEAU.

DÉSIGNATION

14 — Paysage avec Animaux, près Pont-l'Évêque.

15 — Vue prise à la Toucque.

16 — Vue prise à Barbizon.

17 — Roches dans la forêt de Fontainebleau.

18 — Une Cour à Barbizon.

19 — Forêt de Fontainebleau.

20 — Environs de Pont-l'Évêque.

21 — Chaumières, à Barbizon.

22 — Vue prise à Barbizon.

23 — Recolte des Blés à Barbizon.

24 — Vue prise dans la Plaine, près Chailly.

25 — Récolte des Blés près Chailly.

26 — Vue prise dans les Ardennes.

27 — Souvenir des Ardennes.

28 — Ardennes belges, paysage.

29 — Moutons dans la Plaine. Vue prise à Barbizon.

30 — Vue prise dans la forêt de Fontainebleau.

31 — La Plaine, près Barbizon.

32 — Vue prise aux environs de Barbizon.

33 — Vue de Barbizon.

34 — Intérieur de Bergerie.

35 — Bergerie.

36 — Un Sentier dans les bois, près Barbizon.

37 — Vaches dans la prairie.

38 — Pâturage.

39 — Vue prise à Barbizon.

40 — Vue prise aux environs de Barbizon.

68 — Vue prise à Barbizon.

69 — Vue prise à Chailly.

70 — La Plaine, près la Toucque.

71 — Une Ferme à la Toucque.

72 — Forêt de Fontainebleau.

73 — Cour de Ferme à Chailly.

74 — Environs de Pont-l'Évêque.

75 — Sous bois à Chailly.

76 — Vue prise aux environs de Chailly.

77 — Ardennes belges.

78 — Étude de Paysage.

79 — Feuillages, Fleurs et Plantes.

80 — Vue prise à Chailly.

81 — Étude de Moutons.

82 — Vue prise à Barbizon.

83 — Barbizon, sur la lisière du bois.

84 — Moutons dans la Plaine.

85 — Vue prise dans les Ardennes.

86 — La Plaine, près Chailly.

87 — Intérieur d'Étable.

88 — Forêt de Fontainebleau.

89 — Village de Barbizon.

90 — Vue prise dans les Ardennes.

91 — Souvenir des Ardennes belges.

92 — Ardennes belges.

93 — Environs de Pont-l'Évêque.

94 — Moutons, plaine de Normande·

DESSINS

PARIS. — IMPRIMERIE CHAIX, 20, RUE BERGÈRE. — 2930-5.